CACHORRITOS

ÓSCAR

**OTROS LIBROS DE LA SERIE
CACHORRITOS**

CACHORRITOS

ÓSCAR

ELLEN MILES

SCHOLASTIC INC.

A todos los que han tenido que decirle adiós a una mascota querida.

Originally published in English as *The Puppy Place: Oscar*

Translated by Ana Galán.

ISBN 978-0-545-75713-3

Cover art by Tim O'Brien
Original cover design by Steve Scott

12 11 10 9 8 7 6   17 18 19/0

Printed in the U.S.A.   40
First Spanish printing, September 2014

CAPÍTULO UNO

—¿Alguien quiere otro panqueque? —preguntó el Sr. Peterson con la espátula en la mano.

—No, gracias —dijeron Lizzie y Charles al mismo tiempo.

Ambos se miraron.

—¡Embrujada! —gritó Charles.

Lizzie pensó rápidamente. Esta vez estaba preparada.

—Su Majestad —dijo, y empezó a reírse.

Frijolito también se rió y dio golpes con el tenedor en su plato lleno de sirope.

—¡Maatá! —gritó.

Frijolito era el hermano más pequeño de Lizzie y Charles. Su nombre era Adam, pero nadie lo llamaba así. Seguramente lo llamarían Frijolito toda la vida o, por lo menos, hasta que empezara kindergarten.

Charles gruñó.

—Lizzie, no... —empezó a decir.

Lizzie le clavó la mirada.

Charles miró hacia el techo.

—Quería decir... vamos, Su Majestad. ¿De verdad? ¿Estás segura de que quieres que te llame así?

Lizzie metió un dedo en el sirope de su plato. Se lo chupó, sonrió y asintió.

—Sí —dijo—. Ya sabes las normas del juego. Si dices "embrujada", me tienes que llamar con las primeras palabras que yo diga después de ti.

El juego estaba de moda en cuarto grado, el curso de Lizzie, y también en segundo grado, el de Charles.

—Ya lo sé —dijo Charles dejándose caer para atrás en la silla—, pero fue más divertido cuando dijiste "¡No, espera!".

Lizzie sonrió. Precisamente por eso esta vez estaba preparada para cuando Charles dijera "embrujada".

La Sra. Peterson echó la silla hacia atrás.

—Llámense como quieran, pero por favor, no quiero discusiones. Estoy deseando tener un domingo tranquilo y relajado. Lo único que quiero hacer hoy es tumbarme en el sofá y resolver un crucigrama.

—Yo recogeré la mesa —se ofreció Lizzie.

—¿De verdad? —La Sra. Peterson parecía sorprendida—. ¡Gracias! ¡Qué amable, Lizzie!

La Sra. Peterson agarró un periódico y, bostezando, se dirigió a la sala. El Sr. Peterson le pasó la mano por el cabello a Lizzie y salió de la cocina detrás de su esposa.

En cuanto sus padres se perdieron de vista, Lizzie le sonrió a Chico, el adorable cachorro marrón y blanco que estaba sentado cerca de su silla. Sus ojos color café brillaban esperanzados mientras la observaba. Su cara parecía decir: ¿Cómo puedes resistirte a alguien tan lindo como yo?

Chico era el mejor cachorro del mundo, y eso que Lizzie conocía a muchos cachorros. Lizzie y su familia acogían perritos. Se dedicaban a cuidar cachorros que necesitaban un hogar y, hasta ahora, siempre habían conseguido encontrarles a todos una familia que los adoptara. Habían acogido a perros revoltosos, tranquilos, grandes y pequeños. Casi todos se quedaban con ellos unos pocos días o semanas. Chico era el único que se había quedado para siempre. Era parte de la familia Peterson.

A Lizzie le encantaban todos los perros, tanto adultos como cachorros. Pero estaba claro que el que más le gustaba era Chico.

—¿Sabes qué? —le susurró Lizzie a Chico levantando su plato.

—¡Lizzie! —dijo Charles—. No irás a...

Lizzie volteó la cabeza y le clavó la mirada a Charles.

Charles se aclaró la garganta.

—Digo... Su Majestad —musitó—. Sabes que mamá no quiere que Chico lama los platos.

Lizzie se llevó un dedo a los labios.

—Shhh —dijo—. Solo esta vez. El sirope de arce está riquísimo.

Lizzie sabía que además no le haría daño al cachorro. Los perros no pueden comer algunas cosas, como chocolate y uvas, pero por unas gotitas de sirope no pasaba nada.

Charles dudó. Miró a Chico, y el cachorro le devolvió la mirada y le puso una pata en la pierna. Entonces, Charles asintió. Él tampoco se podía resistir a los encantos de Chico.

—Está bien —dijo sonriendo mientras él y su hermana ponían los platos en el piso.

Chico empezó a lamer con tantas ganas que empujaba el plato por toda la cocina.

—¡Ja! —gritó Frijolito—. ¡A Chico le gusta el sirope!

—Shh, shhh —dijo Lizzie poniéndose un dedo en los labios—. Si mamá te oye, Chico se quedará sin sirope.

Frijolito se tapó la boca con las manos y observó a Chico extasiado mientras el cachorro lamía hasta la última gota del sirope del plato de Lizzie y después empezaba con el de Charles.

—¡El mío también! —dijo Frijolito levantando su plato. El sirope empezó a caer encima de sus piernas.

Rápidamente, Lizzie agarró el plato y lo puso en el piso para Chico.

—Aquí tienes, perrito lindo —dijo cariño-samente.

Chico movía la cola con fuerza y golpeaba la silla de Lizzie. Cuando terminó todo el sirope, se sentó y se relamió esperando a que le dieran más.

—Ya no queda más —dijo Lizzie levantando las manos. En los platos de sus padres nunca que-daba tanto sirope como en los suyos.

Lizzie canturreaba mientras recogía la mesa y ponía los platos en el lavaplatos. Al igual que su mamá, ella también estaba deseando tener un domingo tranquilo. Últimamente había estado demasiado atareada entre la escuela, su trabajo de voluntaria en el refugio de animales y su nego-cio de pasear perros. Ella y su mejor amiga, María, eran socias en el negocio La Correa Amiga y tenían que pasear a unos doce perros todos los días después de la escuela. A veces resultaba demasiado trabajo, incluso para una persona tan obsesionada con los perros como Lizzie.

—Oye, Lizzie, ¿quieres...? —dijo Charles, y se corrigió sin que le dijeran nada—. Quiero decir... Su Majestad, ¿quieres que juguemos a perseguirnos en el jardín?

—No, gracias —contestó Lizzie muy orgullosa del nombre que había elegido—. Hoy quiero trabajar en mi álbum de recuerdos.

Lizzie tenía un álbum de recuerdos de todos los perros que había acogido su familia y quería ponerlo al día.

Estaba en su habitación, pegando una foto de un cachorro de labrador muy dulce y lindo, cuando sonó el teléfono.

—¡Lizzie! —llamó la Sra. Peterson después de unos minutos—. Es tu tía Amanda. Necesita que la ayudes con un cachorro.

CAPÍTULO DOS

—¿Un cachorro? —le preguntó Lizzie a su tía cuando contestó el teléfono en la oficina de su mamá—. ¿De qué raza? ¿Lo tenemos que acoger? ¿Qué edad tiene?

—Te lo explicaré todo cuando vengas —dijo Amanda—. ¿Puedo pedirle a tu tío que te vaya a buscar y te traiga al Campamento de Pipo?

Lizzie pensó un momento. Realmente quería pasar un día tranquilo en casa. Además, le encantaba que Charles la tuviera que llamar Su Majestad todo el día. Pero era muy difícil resistirse. Su tía tenía una guardería de perros llamada el Campamento de Pipo (así se llamaba su perro labrador retriever) y sabía más de perros que nadie en el mundo. Lizzie había aprendido mucho de ella.

A Lizzie también le gustaba ayudar en el Campamento de Pipo, pero últimamente había estado demasiado ocupada con su negocio de pasear perros y no había podido ir por las tardes entre semana, que era cuando había más trabajo. Era muy raro que su tía le pidiera ayuda durante el fin de semana, cuando no tenía tantos perros. Lizzie sentía curiosidad. ¿Qué le pasaría a este cachorro?

—¿Lizzie? —le preguntó Amanda—. ¿Vas a venir?

—Sí —dijo Lizzie—. Estaré lista para cuando tío James venga a buscarme.

Colgó el teléfono y regresó a su habitación para guardar las cosas de su álbum de recuerdos.

Después bajó las escaleras y les contó a sus padres dónde iba a ir.

Unos minutos más tarde, Lizzie oyó el claxon en la calle. Se asomó por la ventana de la sala y vio el Pipomóvil, con la placa que decía PERRITOS en la parte de delante.

—Es tío James —les dijo Lizzie a sus padres—. Hasta luego.

—No se te ocurra volver a casa con un cachorro —le dijo la Sra. Peterson adormilada. Estaba acostada en el sofá, rodeada de periódicos.

—¡Adiós! —dijo Lizzie. No quería prometer nada.

—Adiós, Lizzie —dijo Charles, que estaba tirado en el piso de la sala, leyendo tiras cómicas con Frijolito y Chico.

Lizzie se puso las manos en la cintura y miró fijamente a su hermano.

—Hasta luego, Su Majestad —dijo Charles con una mueca.

—¡Maatá! ¡Maatá! ¡Maatá! —dijo Frijolito muerto de risa.

—Mucho mejor.

Su Majestad, Lizzie, levantó la cabeza y salió a encontrarse con su tío James.

—Hola —dijo James cuando Lizzie subió a la camioneta—. Me alegra que puedas ayudar. Hoy tengo miles de cosas que hacer y como los fines de semana no tenemos ayuda, tu tía está sola con todo.

—¿Dónde está el cachorro? —preguntó Lizzie—. ¿Y cuál es el problema? Los fines de semana no suelen tener muchos perros en la guardería.

—Lo vamos a recoger ahora mismo —dijo su tío—. El problema no es la cantidad de perros, es que los que hay no se llevan bien. —Se metió por una calle ancha y poco transitada de casas grandes—. Ayúdame a buscar el número treinta y ocho —dijo—. Ahí es donde vive Óscar.

—¡Óscar! —dijo Lizzie—. Qué buen nombre para un perro. ¿De qué raza es?

—Eso de las razas es la especialidad de tu tía —dijo James encogiéndose de hombros—. Es pequeño, con el pelo duro de color gris y negro y un bigote muy gracioso y la barba y las cejas peludas.

—¡Suena a un schnauzer! —dijo Lizzie—. ¡Genial!

Las razas de perros también eran la especialidad de Lizzie. Todas las noches estudiaba el afiche de las razas de perros del mundo y podía distinguir sin ningún problema un retriever cobrador de patos de Nueva Escocia de un retriever de la bahía de Chesapeake.

—Ahí está —dijo su tío mientras detenía la camioneta frente a una casa de ladrillos con pilares blancos.

En el jardín de la casa estaba una mujer con una correa roja en la mano. En el otro extremo de la correa esperaba un cachorro adorable.

—¡Ay, míralo! —gritó Lizzie.

En cuanto se detuvieron, la chica se desabrochó el cinturón y salió. Estaba deseando ver al cachorro de cerca. El perrito parecía un personaje de dibujos animados con su bigote, su larga barba y sus cejas peludas. Cuando Lizzie se acercó, empezó a tirar de la correa y a dar saltos con sus pequeñas patas mientras soltaba alegres ladridos.

—Se llama Óscar —dijo la señora—, y yo me llamo Susana.

—Susana, te presento a Lizzie —dijo James—. Es nuestra sobrina y tiene muy buena mano con los perros. Hoy nos va a ayudar con Óscar.

—Hola, Susana. Hola, Óscar —dijo Lizzie arrodillándose para acariciar al cachorro.

Óscar se subió a sus piernas y le lamió la cara, haciéndole cosquillas en las mejillas con su bigote duro.

¡Hola! ¿Quién eres? ¡Hueles genial!

Susana parecía sorprendida.

—¡Parece que le has caído bien! Los schnauzers suelen ser bastante tímidos con los desconocidos —dijo pasándole la correa a Lizzie—. Por favor, díganle a Amanda que le agradezco mucho su ayuda. Estamos desesperados. Queremos mucho a Óscar, pero no es justo para Bosco.

—¿Bosco? —preguntó Lizzie.

Susana señaló la casa. Lizzie vio un perro que los observaba desde la ventana. Parecía un pastor alemán.

—Óscar y Bosco no se llevan bien —dijo—. Bosco lleva con nosotros tres años y es un perro muy dulce. Lo adoramos. Decidimos adoptar a Óscar porque pensábamos que a Bosco le gustaría tener un amigo. Pero parece que en lugar de un amigo, ahora tiene un enemigo.

Lizzie miró al perrito que tenía en los brazos. ¿Cómo alguien no se podía llevar bien con este cachorro tan gracioso? A lo mejor Bosco estaba un poco celoso, como le pasó a su perro Chico cuando acogieron a un caniche miniatura por unos días. Chico no podía soportar que no le hicieran caso. Lizzie acercó su cara a la de Óscar.

—Queremos mucho a Óscar —dijo Susana—. Es inteligente, divertido y muy bueno con mis hijos. Pensé que las cosas iban a mejorar entre Óscar y Bosco, pero se han estado peleando toda la mañana. —Levantó las manos—. Tal vez no haya solución.

Lizzie se levantó con Óscar aún en los brazos.

—Por lo menos hoy Bosco podrá estar en casa tranquilo. Nosotros cuidaremos bien a Óscar —dijo Lizzie.

Susana acercó la mano para acariciar al cachorro.

—Hasta luego, Óscar —murmuró—. Diviértete en el Campamento de Pipo.

Susana sujetó la pata del perrito durante un buen rato. Tenía una expresión seria. Lizzie pensó que intentaba aguantar las lágrimas.

Lizzie llevó a Óscar a la parte de atrás de la camioneta y se subió.

—Todavía no sé por qué mi tía necesita mi ayuda —le dijo a su tío—. ¿Cuántos problemas puede causar este perrito?

—Ya verás —dijo James mientras arrancaba la camioneta.

CAPÍTULO TRES

Cuando llegaron al Campamento de Pipo, el tío de Lizzie le dijo que se quedara en la camioneta con Óscar mientras él se aseguraba de que Amanda estuviera lista para recibirlos. A Lizzie no le importó quedarse con el perro. Era lindo y parecía muy inteligente, como había dicho Susana. Tenía una mirada brillante y atenta. Parecía un viejito con las cejas peludas y la barba larga. Sus orejas en punta daban la impresión de que siempre estaba alerta y su cuerpo atlético indicaba estar listo para la acción. Lizzie le acarició el lomo y el pecho.

—Eres un pequeño muy gracioso —le susurró.

Lizzie apretó al perro contra su pecho y notó que se sentía cómodo y relajado en sus brazos.

Cuando Amanda salió a buscarlos, Óscar movió la colita y le lamió la cara.

—Hola, precioso —dijo Amanda acariciándolo—. ¿Qué vamos a hacer contigo? ¿Por qué no te puedes llevar tan bien con los perros como con la gente? —Se volteó hacia Lizzie y preguntó—: ¿A que es muy lindo? Es inteligente, lindo y bueno con los niños. Solo tiene que aprender a llevarse bien con otros perros.

—¿Entonces no se pelea solo con Bosco? —preguntó Lizzie.

Amanda negó con la cabeza mientras entraba con Lizzie y Óscar en el edificio y atravesaban un pasillo vacío.

—No se lleva bien con casi ningún perro —dijo—. Les gruñe o muestra los dientes y eso asusta a algunos de mis clientes.

—Eso no está bien —dijo Lizzie.

—Nada bien —dijo Amanda—. Óscar no es exactamente lo que podríamos llamar un perro agresivo. Todavía no. No es que sea malo. Si lo fuera, no dejaría que viniera. Nunca ha lastimado a ningún otro perro y no creo que lo haga. Sencillamente es un poco gruñón. Si no aprende a llevarse bien con otros perros, podría convertirse en un verdadero problema. Las personas que tienen perros agresivos no pueden llevarlos a los parques de perros ni a lugares públicos.

Amanda abrió la puerta que daba al salón de juegos bajo techo, donde había toboganes, túneles y juguetes de todo tipo esparcidos por el suelo de goma.

—Hoy solo tengo cinco perros en la guardería —dijo—. Ahora están todos afuera, así que podemos dejar que Óscar juegue aquí un rato. Si te parece, tú podrías encargarte de él mientras yo me encargo de los demás.

Lizzie soltó la correa de Óscar y el cachorro empezó a ir de un lado a otro de la sala mirando los juguetes.

—¿Por qué crees que se porta así? —preguntó Lizzie. No se podía imaginar a Óscar gruñéndole a nadie. Observó como le daba con el morro a una pelota muy grande de fútbol, blanca y azul, y la hacía rodar por el piso mientras corría detrás.

Amanda se encogió de hombros.

—Algunos perros son agresivos porque tienen miedo, aunque no creo que ese sea el caso de Óscar. A lo mejor no ha socializado mucho de pequeño, a lo mejor lo apartaron de su mamá demasiado pronto o no jugó lo suficiente con sus hermanos. A veces creo que está confundido. Realmente quiere jugar, pero tiene personalidad de terrier.

Lizzie sabía a qué se refería.

—¿Crees que aunque sea pequeño piensa que es un perro grande? —preguntó.

—Exacto —dijo Amanda—. No le tiene miedo a nada y le encanta perseguir todo lo que se mueve. Es muy brusco cuando juega con Bosco y eso a Bosco lo pone nervioso. Según Susana, de pequeño no era así. Pero ahora tiene seis meses y Bosco empieza a sentirse amenazado.

—¿Amenazado? —preguntó Lizzie—. ¿Qué quieres decir?

Óscar empujó la pelota con el hocico en dirección a Lizzie, y ella le dio una patada para que la persiguiera.

—Siempre está compitiendo con Bosco —dijo Amanda—. Compite por acaparar la atención de la familia, por los juguetes y por su espacio dentro de la casa. Susana dice que siempre quiere ser el primero en salir por la puerta y empuja a Bosco.

—A lo mejor no puede vivir en una casa con otro perro —dijo Lizzie. Sonrió y vio que Óscar le traía la pelota.

—Eso es lo que he estado pensando —dijo Amanda—. Creo que Susana también cree lo mismo. Me dijo que iba a reunirse con toda la familia y tener una larga conversación sobre el futuro de Óscar.

Lizzie recordó la manera en que Susana se había despedido de Óscar, y sintió pena, pero por otro lado la embargó la emoción. ¡A lo mejor su familia y ella podían acoger otro perro en su casa!

—¿Crees que piensan deshacerse de él? —preguntó.

Su tía asintió.

—Todos los miembros de la familia adoran a

Óscar, pero las peleas constantes con Bosco los están volviendo locos. Al mismo tiempo, piensan que Bosco debe quedarse con ellos porque llevan más tiempo con él.

—¿No podemos entrenar a Óscar? —dijo Lizzie.

La chica observó al cachorro, que ahora daba saltos. Estaba jugando con una soga. La agarraba y la agitaba, la lanzaba en el aire y la dejaba caer. Después se quedaba mirándola durante un rato, entonces comenzaba a saltar de nuevo. Lizzie no pudo evitar reír. El cachorro la debió de oír porque miró hacia ella y subió las cejas.

¿Pasa algo divertido?

Lizzie intentó reprimir la risa. Óscar se veía tan digno con su larga barba.

—Susana ha ido a muchas clases de obediencia con él. Cree que ella y su esposo han hecho todo lo que podían —dijo Amanda—. Además está muy ocupada. Me comentó que a lo mejor aquí lo podíamos ayudar y podía conocer a otros perros. Lo he intentado, pero no es fácil cuando tengo treinta perros o más a mi cargo entre semana.

En ese momento, la puerta de atrás del salón se abrió y apareció James, con Pipo trotando a su lado.

—Nos vamos a casa —le dijo a Amanda—. Solo quería...

No le dio tiempo a terminar la frase. Cuando Óscar vio al otro perro, pegó unos ladridos más fuertes de lo que Lizzie se hubiera esperado. Enseguida el perrito salió disparado mostrando los dientes hacia el golden retriever que estaba al lado de James.

CAPÍTULO CUATRO

—¡Óscar, échate! —gritó Amanda.

James sacó a Pipo del salón y cerró la puerta rápidamente.

Óscar parecía desconcertado, pero obedeció y se tumbó en el suelo sin dejar de gruñir. Miró a Amanda con los ojos medio escondidos entre sus cejas peludas.

No quería hacer nada malo. Solo quería divertirme un poco.

—¡Caramba! —dijo Lizzie con el corazón latiéndole con fuerza—. Me asusté.

Amanda asintió.

—Y eso que solo es un cachorrito. Imagínate si sigue comportándose así cuando sea más grande. Alguien va a tener que dedicar mucho tiempo y esfuerzo a entrenarlo para quitarle esos malos hábitos —dijo.

—Por lo menos se tumbó cuando se lo pediste —dijo Lizzie señalando a Óscar, que seguía tumbado en el piso, con las orejas en punta, como si esperara la siguiente orden.

—El entrenamiento de obediencia ha dado buen resultado —dijo Amanda—. Pedirle que haga algo, como echarse, es una buena manera de distraerlo y obligarlo a que piense en otra cosa.

Le hizo un gesto al cachorro para decirle que ya se podía levantar, y el perrito se paró de un salto.

—Me recuerda cuando intenté adiestrar al pomerania que acogió mi familia —dijo Lizzie recordando al ruidoso perrito—. Si le pedía que se sentara o hiciera un truco, dejaba de ladrar, por lo menos durante unos segundos.

Amanda miró a Lizzie.

—Hiciste un gran trabajo con ese cachorro —dijo—. ¿Estás lista para un nuevo reto?

—¿Quieres decir que...? —empezó a decir Lizzie.

Su tía asintió.

—Voy a llamar a Susana. Supongo que su familia habrá llegado a la misma conclusión que yo: Óscar necesita una nueva familia. Es probable que tardemos un tiempo en encontrarla, y ahí es donde entra en juego tu familia. ¿Crees que podrían acoger a Óscar?

Lizzie miró al perrito. ¡Era tan lindo! Estaba jugando con un tigre de juguete negro y anaranjado que había encontrado en una esquina. Lo sujetaba entre sus patas y le mordía suavemente las orejas, haciendo que pitara. Pero Lizzie no podía olvidar cómo había atacado a Pipo.

Óscar podía ser un reto demasiado grande para ella y su familia. ¿Y qué pasaría con Chico? Si no era justo que Bosco tuviera que vivir con Óscar, tampoco sería justo para Chico. Pero por otro lado, Chico se llevaba bien con todos los perros que habían acogido hasta ahora, excepto cuando se puso celoso del caniche. A lo mejor él y Óscar podían ser amigos. En cualquier caso, iba a ser algo temporal. Óscar no iba a vivir con ellos para siempre.

Lizzie respiró hondo.

—Si eso es lo que quiere Susana y su familia y si consigo convencer a mi familia, la respuesta es que sí. Me gustaría acoger a Óscar —le dijo a su tía.

Cuando el Sr. Peterson fue a recoger a su hija esa tarde, ella ya estaba esperando en la calle con Óscar sujeto por la correa.

—Ese es mi papá —le dijo a Óscar agachándose para susurrarle al oído—. Tienes que ser muy bueno, ¿de acuerdo?

Óscar movió la cola, le lamió la cara a Lizzie y la miró fijamente.

Te prometo que me portaré educadamente siempre y cuando me acaricies.

—Espera un momento —dijo el Sr. Peterson al ver el cachorro—. Ya oíste lo que dijo tu mamá, que no volvieras a casa con un perro.

El Sr. Peterson salió de su camioneta y se arrodilló para saludar a Óscar, y Lizzie sonrió. A su papá le gustaban los perros casi tanto como a ella.

—Óscar es un caso especial —dijo Lizzie—. Sé que tenemos que hablarlo entre todos, pero de momento necesita un lugar para pasar la noche.

Le explicó que Amanda había llamado a Susana y las dos estaban de acuerdo en que Óscar necesitaba otro hogar. Susana había llorado por teléfono. Dijo que ahora que su familia había tomado esa decisión, sería mejor que Óscar no volviera a su casa.

—No vamos a dejar que pase la noche en una jaula, aquí o en Patas Alegres, ¿verdad? —le preguntó Lizzie a su papá.

El Sr. Peterson dudó.

—No sé, es muy lindo —dijo—, y simpático —añadió riéndose cuando Óscar le lamió la mano.

—Le encanta la gente —asintió Lizzie. No era mentira, ¿verdad?

Lizzie decidió esperar a que se pusieran en camino para explicarle a su papá por qué Óscar necesitaba una nueva familia. Metió al cachorro en el asiento de atrás de la camioneta roja y después se sentó y se abrochó el cinturón de seguridad.

Por el camino, Lizzie le contó a su papá el problema que tenía Óscar con otros perros. El Sr. Peterson frenó la camioneta y se detuvo a un lado de la carretera.

—Lizzie —empezó a decir.

—Ya lo sé —contestó Lizzie levantando las manos—. Pero acuérdate de que no es un perro malo. Solo se porta así a veces. Todo lo que necesita es un poco de cariño y entrenamiento. Por favor, déjame llevarlo a casa. Seguro que encontramos una solución. Además, necesita nuestra ayuda.

El Sr. Peterson miró por el espejo retrovisor. Lizzie se volteó para mirar a Óscar. El pequeño schnauzer ladeó la cabeza y levantó una pata. Lizzie le sonrió. Su papá no iba a poder resistirse.

Cuando llegaron a la casa, el Sr. Peterson miró a Lizzie seriamente.

—Espera aquí con Óscar unos minutos. Voy a poner a Chico en un sitio seguro. Creo que lo mejor será mantener a los perros separados durante el poco tiempo que Óscar va a estar aquí.

Lizzie asintió. Ella y Óscar se quedaron sentados en la camioneta esperando a que el Sr. Peterson diera la señal desde la ventana de que todo estaba en orden.

—Pórtate lo mejor que puedas —le dijo Lizzie a Óscar cuando abrió la puerta de la camioneta para que saliera.

Cuando entraron en la sala, se escuchó un grito.

—¡Un cachorrito! —gritaron Frijolito, Charles y la Sra. Peterson a la misma vez.

—¡Embrujados! —dijo Lizzie.

Y como habían gritado los tres al mismo tiempo, durante el resto del día todos tendrían un nombre nuevo: el de Frijolito era "Cachorrito Cachorrito", el de Charles era "¡Qué lindo!" y el de la Sra. Peterson era "¡Elizabeth Maude Peterson Cómo Te Atreves!".

CAPÍTULO CINCO

El triple embrujo no resultó tan divertido como Lizzie se había imaginado. Para empezar, Charles ni siquiera contestaba cuando lo llamaban por su nuevo nombre. Decía que no contaba porque Lizzie no era del grupo de los embrujados. A Frijolito le gustaba su nombre, pero después de cenar tuvo que bañarse e ir a la cama, así que Lizzie no lo pudo usar mucho.

Y a su mamá solo la pudo llamar "¡Elizabeth Maude Peterson Cómo Te Atreves!" en una ocasión. Sobre todo porque Lizzie tardó mucho tiempo en convencer a toda la familia de que ellos eran la única esperanza para Óscar y de que ella se aseguraría de que Chico estuviera bien atendido, aunque eso significara que tuviera que estar encerrado la mitad del tiempo en su habitación mientras Óscar anduviera por la casa (la otra mitad sería Óscar el que iba a estar encerrado porque eso era lo justo) y muchas cosas más. Al fin los convenció de quedarse con el cachorro hasta encontrarle un hogar permanente.

—Espero que sea muy pronto —fueron las últimas palabras de la Sra. Peterson sobre el tema.

Al día siguiente por la tarde, Lizzie tuvo que dedicar incluso más tiempo a explicarle a Charles por qué tenía que ayudarla y jugar con Óscar en el jardín.

—Así puedo llevarme a Chico y que nos acompañe a María y a mí mientras paseamos a los perros —dijo.

—¿Y por qué no te llevas a Óscar y yo me quedo con Chico? —preguntó Charles.

—Porque... —Lizzie suspiró. ¿Es que no era obvio?—. Porque Óscar no se lleva bien con otros perros.

—Acogerlo fue idea tuya —le recordó Charles—, pero en fin, te propongo un trato. Me quedaré con Óscar si me prometes que la próxima vez que juguemos a "embrujados" te puedo llamar lo que yo quiera o si a partir de ahora me llamas... déjame pensar... ¿Qué te parece Hermano Perfecto? Creo que no hace falta ni tan siquiera jugar. Podemos empezar ahora mismo.

Lizzie asintió sin muchas ganas.

—Muy bien, como quieras, Hermano Perfecto.

En cuanto Charles llevó a Óscar al jardín, Lizzie agarró la correa de Chico y salió corriendo para encontrarse con María.

—Oh. Trajiste a Chico —le dijo María a Lizzie.

No habló mucho más hasta que recogieron a su primer cliente, un pastor alemán llamado Tanque.

—Siempre es más complicado si traes a otros perros —dijo María por fin mientras Tanque trotaba a su lado. Era un perro joven y fuerte y caminaba muy bien con el arnés en la cabeza.

Lizzie miró a su amiga.

—Pensaba que si alguien lo entendería, serías tú —dijo. Ese día durante el recreo le había explicado a María la situación de Óscar—. Tengo que hacerle más caso a Chico porque en casa lo tengo que encerrar para separarlo de Óscar.

María se encogió de hombros.

—Sí, lo entiendo perfectamente —dijo—. Entiendo que tus cosas siempre son más importantes y no importa si eso supone más trabajo para mí. A ti siempre te da igual.

Ay. Lizzie sintió el aguijón de las palabras de María. No quería pelearse con su mejor amiga, sobre todo ahora que tenían un negocio juntas. Pero tenía que reconocer que su amiga tenía algo de razón. Últimamente María se había visto obligada a dedicarle más tiempo a La Correa Amiga porque ella había estado muy ocupada acogiendo cachorros que necesitaban mucha atención.

—A mí también me gusta hacer otras cosas, ¿sabes? —dijo María, que ahora sonaba un poco menos enojada—. Echo de menos ir a los establos. A veces me pregunto si deberíamos seguir con el negocio. Es mucho arroz para tan poco pollo.

Lizzie soltó una carcajada al oír lo que acababa de decir María.

—Perdona que me ría, pero es que eso que dijiste suena muy gracioso —dijo.

—Sí, tienes razón. Es algo que siempre dice mi mamá, aunque no creas que entiendo muy bien la frase —dijo María sonriendo.

María tenía razón. Llevar a Chico complicaba más las cosas, aunque se portara siempre bien. Además, Chico quería dedicarse a olfatear y jugar con los otros perros y los paseos acababan siendo más largos de lo normal.

—Vamos a dividirnos y terminar el trabajo por separado —le propuso Lizzie a María cuando terminaron de pasear los primeros seis perros—. Yo me encargaré de Diva, Dandi y Nena, ¿de acuerdo?

—Muy bien —dijo María.

Las chicas entrecruzaron los dedos meñiques para cerrar el trato.

—Ya pensaremos qué podemos hacer para que nuestro negocio vaya mejor en cuanto consiga encontrar un hogar para Óscar —prometió Lizzie.

Sabía que tenía que hacer lo que fuera necesario para que su negocio funcionara y su amiga estuviera contenta.

Lizzie fue a casa de Diva, una perra dálmata que estaba casi sorda. Era una perra muy dulce y Lizzie había aprendido a comunicarse con ella por señas. Diva se llevaba muy bien con todos los perros aunque le gustaban más los pequeños, así que Lizzie sabía que no tendría ningún problema con Chico. Cuando Diva estaba con otros perros más grandes, como Tanque y Atlas, les gruñía y les mostraba los dientes. Diva a veces era un poco gruñona, como Óscar.

Lizzie observó como Diva y Chico se olían. Al principio los dos se quedaron muy quietos, tocándose con el hocico. Después empezaron a mover la cola, como si pensaran que podían llegar a ser amigos. Chico levantó el trasero y separó las patas delanteras para invitar a Diva a jugar, y Diva hizo lo mismo. Después de una pelea amistosa, miraron a Lizzie. La chica se rió.

—Supongo que ya están listos para el paseo —dijo—. Vamos.

Después de que Lizzie dejara a Diva en su casa, fue a recoger a Dandi, un cachorro morkie (una mezcla de maltés con yorkie). El perro era lindísimo, con muchísimo pelo blanco. Él y Chico se hicieron amigos inmediatamente y pronto los dos iban trotando alegremente con un palo en la boca que sujetaban entre ambos, moviendo la cola muy orgullosos.

Mientras Lizzie los miraba pensó en Óscar y le dio pena que el perrito no pudiera hacer amigos. ¿Pero cómo iba a tener amigos si su tía lo mantenía separado de los otros perros que cuidaba y en su casa tenían que mantenerlo alejado de Chico?

De pronto se le ocurrió una idea. ¿Se llevaría bien con Nena?

CAPÍTULO SEIS

No era solo una idea. Era una idea genial. Al fin y al cabo, Óscar necesitaba un amigo y Nena era perfecta. Su tía le había dicho que Óscar era más gruñón con los perros machos que con las hembras y que parte de su problema era que quería dominar a los otros perros. Nena era una hembra, y Lizzie estaba convencida de que no le importaría nada que Óscar quisiera ser el perro dominante. Nena era una mezcla de beagle con basset, ya estaba bastante mayor y un poco "ancha de caderas", como dijo una vez Charles. Le gustaba pasear tranquilamente, moviendo las orejas largas y oliendo todo lo que se encontrara. Algunos días sus paseos se hacían eternos.

Cuando Lizzie llegó a su casa, llevó a Chico al jardín y comprobó que la puerta de la valla estuviera cerrada. Después fue a buscar a Óscar.

La Sra. Peterson estaba en la cocina, limpiando unas papas en el fregadero. Frijolito estaba cerca, sentado en una silla, con un delantal.

—¡Mira como ayudo! —le dijo orgulloso a Lizzie. Tenía la ropa empapada, pero estaba feliz.

—¿Dónde está Óscar? —preguntó Lizzie.

—En la sala con Charles —contestó la Sra. Peterson—. ¿Dónde está Chico?

—En el jardín —dijo Lizzie—. ¿Podrías dejarlo entrar en cuanto me vaya con Óscar? Todavía me queda un perro por pasear y voy a llevarlo conmigo.

La Sra. Peterson suspiró.

—Todo esto es agotador —dijo—. Tantas idas y venidas con los perros. Tienes que encontrar un hogar para Óscar cuanto antes. ¿Dijiste que lo ibas a llevar contigo? ¿Estás segura de que es una buena idea?

—Quieres que le encuentre un hogar, ¿no? Pues eso es lo que estoy intentando —dijo Lizzie—. Voy a presentárselo a Nena. Óscar tiene que aprender a llevarse bien con otros perros y creo que es una buena manera de empezar.

La Sra. Peterson asintió.

—Ya veo. Supongo que tienes razón, siempre y cuando lo hayas hablado antes con la dueña de Nena —dijo.

Lizzie tragó saliva. Su mamá tenía razón. Tenía que hacer esa pregunta. Subió las escaleras corriendo para buscar el número de teléfono de Anjali Davis, una mujer joven de pelo rizado, que era la dueña de Nena. Un momento más tarde, Lizzie hablaba con ella y le explicaba la situación.

—Me parece bien —dijo Anjali cuando Lizzie le habló de Óscar—. Nena no se altera con nada y últimamente ha estado muy decaída. A lo mejor le viene bien un amigo.

—Mi tía me explicó cómo hay que presentar a los perros —dijo Lizzie antes de colgar con Anjali—. ¿Podrías sacar a Nena al jardín para cuando yo llegue? Estaré allí en unos minutos.

Lizzie corrió al piso de abajo y encontró a Charles jugando a tirar de un juguete con Óscar.

—Gracias por encargarte hoy de él —dijo Lizzie—. Te debo una.

—Te debo una, Hermano Perfecto —corrigió Charles.

Lizzie miró al techo.

—Está bien. Te debo una, Hermano Perfecto. —Se acercó a Óscar y le sacó el juguete de la boca—. Vamos, perrito —le dijo al cachorro—. Vas a conocer a una amiga.

Al llegar a la casa de Anjali, Lizzie le pidió a Óscar que se sentara antes de entrar al jardín. Cuando Anjali fue a saludarlos, Lizzie hizo que Óscar le diera la patita. Después abrieron la puerta de la valla del jardín para que el perrito pasara, y Lizzie le quitó la correa (su tía le había dicho que algunos perros eran más agresivos si tenían la correa puesta). Óscar pegó un ladrido al ver a Nena, pero Lizzie le pidió que se sentara otra vez. Nena se acercó calmadamente, con las orejas rozando el suelo, y olió a Óscar durante un momento. Óscar se puso muy tenso y Lizzie notó que se le erizó el pelo del lomo. Se preparó para agarrarlo por el collar si empezaba a gruñir. Pero

Óscar se limitó a olisquear a Nena y después empezó a mover la cola.

¡Un placer conocerla, señora!

—¡Ha funcionado! —le dijo Lizzie a Anjali mientras observaban como los perros juntaban los hocicos.

Ahora los perros movían la cola.

—A Nena le gusta estar sola, pero se lleva bien con otros perros —dijo Anjali—. Y le encanta la gente. A veces viene conmigo al estudio de yoga donde doy clases. Allí la quieren mucho.

Lizzie miró a Óscar. Después miró a Nena y luego a Anjali.

—¿Sabes qué...? —empezó a decir. ¿Sería posible? ¿Habría encontrado un hogar para siempre para Óscar?

Anjali pareció leerle la mente.

—¡Oh, no! —dijo—. Nunca tendría dos perros. Estoy demasiado ocupada. Pero puedes traer a Óscar siempre que saques a Nena a pasear. A lo mejor se anima un poco. Últimamente solo quiere dormir.

Lizzie les puso las correas a los dos perros.

—Vamos a pasear —dijo.

Parecía que la energía de Óscar era contagiosa. Nena caminaba más rápido de lo habitual. Óscar daba saltos alegremente a su lado, observando el paisaje con su mirada brillante e inteligente y olfateando todo. De vez en cuando, él y Nena se detenían a jugar un poco, pero Óscar era muy cuidadoso con la perra mayor.

—Eres un buen perro, Óscar —dijo Lizzie mientras volvía a su casa después del paseo. Se detuvo en una esquina para que pasara un auto y se sacó una galletita del bolsillo—. Toma —dijo, agachándose un poco para dársela al perro.

Cuando se enderezó, le llamó la atención un cartel que había clavado en un poste de teléfono. El cartel tenía una foto de un perro labrador retriever muy lindo. A lo mejor se había perdido. Se acercó para verlo mejor.

—"Paseadoras de Perros —leyó—. Si quieres a tu perro, contrata a las mejores".

A Lizzie le latió el corazón con fuerza.

—¿Qué es esto? —dijo en voz alta. Siguió leyendo.

Después arrancó el cartel y se lo metió en el bolsillo.

CAPÍTULO SIETE

—"¡Tu mascota será feliz! No solo ofrecemos paseos, sino también entrenamiento, ejercicio y estimulación para tu perro" —le leyó Lizzie muy agitada por teléfono a María—. ¿Puedes creer lo que dice este cartel?

Al otro lado de la línea, María habló calmadamente.

—Vamos, Lizzie, ¿qué tiene de malo? —preguntó—. No pasa nada si hay otro negocio para pasear perros en el pueblo.

—Lo están anunciando en nuestro territorio para intentar robarnos los clientes.

Lizzie iba de un lado al otro de la oficina de su mamá. Óscar la observaba desde un rincón, debajo de la mesa. Movía las cejas mientras seguía a la chica con la mirada.

¿Debería estar preocupado? Parece que hay problemas.

Lizzie se agachó para acariciarlo. Sabía que estaba preocupado. Ella también lo estaba.

—¿Robarnos los clientes? —preguntó María—. Lizzie, estás exagerando.

—Piénsalo. Si no intentaran robarnos los clientes, ¿por qué iban a cobrar cincuenta centavos menos de lo que cobramos nosotras y ofrecer exactamente los mismos servicios? —Lizzie dio un manotazo en la mesa y Óscar se sobresaltó—. ¿Quién sería capaz de hacer algo así? ¿Y cómo sabe tanto sobre nuestro negocio, hasta cuánto cobramos? Hace mucho tiempo que no lo anunciamos en ningún sitio.

María se quedó callada un momento. Después se aclaró la garganta.

—María —dijo Lizzie—. ¿Hay algo que no me estás contando?

—Bien. —María se volvió a aclarar la garganta—. ¿Te acuerdas cuando me pediste que pidiera ayuda cuando tú estabas demasiado ocupada cuidando al cachorro de pomeranian?

Lizzie miró al techo. ¿Por qué María tenía que volver a sacar ese tema?

—Sí, me acuerdo —dijo—. Ya lo sé. No fui justa contigo. Ya lo entendí. Ya te dije que lo sentía. Pero, ¿eso qué tiene que...

—Contraté a Daphne —interrumpió María.

María lo dijo tan rápido que Lizzie apenas lo pudo oír.

—¿Qué?

—Cuando necesitaba ayuda, contraté a Daphne.

—¿Daphne Drake? —gritó Lizzie sin poder creer lo que acababa de escuchar—. ¿De verdad?

Lizzie volvió a dar un manotazo en la mesa y Óscar salió de donde estaba. Lizzie se sentó en el piso y se puso a Óscar en el regazo para acariciarlo. Estaba claro que su amiga hablaba de Daphne Drake. ¿Qué otra Daphne conocían? Pero, ¿cómo era posible? María sabía perfectamente lo que ella pensaba de Daphne.

Daphne Drake era la niña más mandona de cuarto grado. Durante un tiempo entre todas formaron un club, y a Lizzie casi le empezaron a caer bien Daphne y su amiga Brianna. Por lo menos a Daphne le gustaban los animales. Por eso habían formado el Club de las Mascotas. Pero después se separaron. Charles decía que era porque Lizzie no quería que ninguna otra persona fuera presidente del club, pero eso era una tontería. Por supuesto que ella tenía que ser la presidenta. El club había sido su idea y, además, ella sabía más de perros que ningún otro miembro del club, sobre todo Daphne.

Daphne. Lizzie se dio un golpe en la frente. Lo que estaba pasando ahora no tenía nada que ver con el Club de las Mascotas. ¡Tenía que ver con su negocio, La Correa Amiga! Habían trabajado mucho para montarlo y no estaba dispuesta a abandonarlo ahora. María le había dado todos los secretos de su negocio a su competidora. ¿Y qué importaba eso? Ellas seguían siendo las mejores paseadoras y siempre lo serían.

—¿Lizzie? —preguntó María—. ¿Sigues ahí?

—¿Qué sabe Daphne sobre entrenar perros? —preguntó Lizzie—. ¿Cómo puede ofrecer eso como parte de sus servicios?

—¿Honestamente? Creo que nosotras tampoco deberíamos ofrecerlo —dijo María en voz baja—. No es que lo hayamos hecho mucho últimamente.

Lizzie hizo rechinar los dientes. ¿Por qué María siempre tenía que *tener razón* en todo? Está bien, a lo mejor no habían enseñado muchos trucos en las últimas semanas, pero eso podía cambiar.

—Hemos estado muy ocupadas —fue todo lo que dijo.

—Y la Sra. Federico protestó el otro día porque solo sacamos a su perro diez minutos. Se supone que los paseos tienen que ser de por lo menos veinte minutos —dijo María un poco exaltada—. Creo que si no mejoramos nuestros servicios, Daphne y Brianna tienen todo el derecho a quitarnos los clientes.

—Así que Brianna también está metida en esto —dijo Lizzie—. Espera un momento, ¿cómo es que tú lo sabes?

Lizzie empezaba a sospechar que María también estaba involucrada.

—Me lo estoy imaginando —dijo María—. Brianna siempre hace lo mismo que Daphne, ¿o no?

—*Argh*.

Lizzie se tumbó en la alfombra y dejó que Óscar le lamiera la nariz. María volvía a tener razón. Con respecto a Brianna y con respecto a que debían mejorar el negocio. Si no tenían cuidado iban a perder todos los clientes.

Lizzie y María hablaron largo rato y, cuando terminaron la conversación telefónica, Lizzie había convencido a María de que tenían que hacer panfletos nuevos para su negocio y repartirlos al día siguiente.

—Pero tendrás que hacerlos tú —dijo María antes de colgar—. Yo tengo tareas.

Cuando Lizzie colgó el teléfono, abrazó a Óscar y le dio un beso en la nariz.

—Tenemos trabajo que hacer, perrito lindo —le dijo.

Ella también tenía tareas, pero tendrían que esperar. Antes debía salvar el negocio. Se sentó en la computadora y encontró el primer panfleto que ella y María habían hecho. Después se puso a trabajar.

LA CORREA AMIGA
Las mejores paseadoras, ¡y ahora más que nunca!

Paseos superespeciales.

Entrenamiento profesional.

Cuidados excelentes.

¿Quieres a tu perro?

Quédate con las paseadoras de perros

con más experiencia.

Nuevas tarifas: $4.00 por paseos de 20 minutos

CAPÍTULO OCHO

Lizzie canturreaba una alegre canción mientras se vestía para ir a la escuela al día siguiente. Estaba contenta. Empezaba una nueva etapa para La Correa Amiga. Estaba deseando repartir los panfletos nuevos.

—Convierte algo negativo en positivo —le había dicho su papá una vez cuando protestó porque la habían puesto en un equipo malo de voleibol en la clase de Educación Física. En ese momento no entendió el mensaje, pero ahora sí. Daphne intentaba robarles los clientes, y ella había aprovechado la oportunidad para mejorar su negocio.

Ese día llevó los panfletos a la escuela, guardados con mucho cuidado en la parte de atrás de su cuaderno. A la hora del recreo, llevó a María a un lado y esperaron a que todos salieran del salón de clases. Lizzie incluso miró la zona de los casilleros de la parte de atrás del salón para asegurarse de que nadie las estuviera escuchando, como por ejemplo, Daphne Drake. Se sentía como una espía en una misión con documentos secretos.

—¿Qué te parece? —susurró abriendo el cuaderno y enseñándole a María el panfleto.

María asintió.

—Está bien, pero hemos bajado mucho el precio, ¿no? —dijo.

Lizzie hizo un gesto con la mano.

—Si conseguimos clientes nuevos, no importa que el precio sea más bajo. A la larga ganaremos más dinero. La Srta. Dobbins estaría muy orgullosa.

La Srta. Dobbins era la directora de Patas Alegres, el refugio de animales en el que Lizzie trabajaba de voluntaria. Lizzie y María le habían prometido que donarían un diez por ciento de sus ganancias al refugio.

—¿Más clientes? —preguntó María asombrada—. Apenas tenemos tiempo para encargarnos de los que tenemos.

—¿Quieres salvar el negocio o no? —preguntó Lizzie.

Durante un momento, María no contestó. Solo bajó la mirada.

—Supongo que sí —musitó por fin.

Ese día, después de la escuela, Lizzie se juntó con María en la esquina de siempre. María ya había recogido a Tanque y a Atlas.

—Llegas tarde —dijo María.

—Lo siento —dijo Lizzie—. Estuve repartiendo algunos panfletos.

Le enseñó un montón de papeles. Había puesto algunos en los postes de teléfono y otros en los buzones de las casas.

—Pero bueno, ya estoy aquí y esta vez no traje ningún cachorro, ¿ves? —dijo agarrando la correa de Tanque, uno de los perros que sujetaba María, y sonriéndole.

Lizzie había puesto el cronómetro de su reloj para asegurarse de que cada perro paseaba por lo menos veinte minutos. Llevaba su libro favorito de cómo entrenar perros en la mochila junto con los panfletos, cinta adhesiva y tachuelas. La noche anterior había estado mirando el libro y había puesto notas adhesivas en las páginas donde había buenas ideas de ejercicios de entrenamiento. Durante el paseo, María y ella intentaron por lo menos una de esas ideas con cada perro. Lizzie también prestó especial atención a cada perro: le dio un buen rascado de orejas a Tanque, caricias en la barriga a Dandi y abrazos y caricias extra a Pixie y Mongo, los caniches gemelos.

Repartieron panfletos a sus clientes y metieron otros en los buzones.

—¿Y esto? —dijo la Sra. Federico al leer el papel que le habían dado—. Están bajando los precios. ¡Qué bueno! ¿Cuántas veces ocurre algo así?

María le lanzó una mirada a Lizzie, pero Lizzie la ignoró y le sonrió a la Sra. Federico.

—Estamos intentando ofrecer el mejor servicio posible —dijo.

Al final de la tarde, Lizzie se ofreció para pasear ella sola a Nena.

—Voy a llevar a Óscar otra vez —le dijo a María—. Creo que le viene muy bien estar con otro perro y a Nena parece que le gusta la compañía.

Fue a su casa y recogió a Óscar. Después se dirigió a casa de Nena, poniendo panfletos por el camino. Puso uno en un poste de teléfono, le dio otro a un chico que paseaba a su perro beagle y metió varios en los buzones. Estaba cerca de la casa de Nena, poniendo un panfleto en un buzón, cuando vio al cartero al otro lado de la calle. Le sonrió y lo saludó con la mano. Se preguntó si el cartero llevaría galletitas para perros en el bolsillo como Rita, su cartera. Rita siempre era muy amable y le encantaban los perros. Siempre se detenía a hablar con ella cuando la veía paseando un perro y le preguntaba por los perros que acogía, mientras los acariciaba y les daba galletitas. Rita todavía no había conocido a Óscar, pero Lizzie sabía que le encantaría.

En lugar de sonreír y devolver el saludo, el cartero cruzó la calle rápidamente en dirección a Lizzie con el ceño fruncido.

—No sé si sabes que está prohibido hacer eso —dijo señalando el panfleto que Lizzie estaba metiendo en el buzón—. Solo los empleados del Servicio Postal de Estados Unidos pueden poner correo en los buzones.

—Es solo un panfleto de mi negocio de pasear perros —dijo Lizzie mostrándoselo.

El cartero ni siquiera lo miró.

—Estás infringiendo la ley —dijo—. La regulación 3.1.3 dice claramente que si alguien pone algo que no sea correo oficial en un buzón lo pueden llevar a juicio y ponerle una multa.

—Oh —dijo Lizzie. Este cartero no se parecía en nada a Rita. De hecho, la velocidad a la que había cruzado la calle y cómo le había hablado, le recordaba lo que hizo Óscar al ver a Pipo—. Lo siento. No lo haré más —dijo mirando al suelo.

—Espero que no, ahora que sabes que es ilegal —dijo el cartero con voz más amable. Metió la mano en su bolsa—. ¿Le puedo dar una galletita a tu perro? —preguntó.

Lizzie miró a Óscar. Golpeaba el suelo con la cola.

Me ha parecido oír la palabra "galletita". ¿Eso quiere decir que me darán una?

—Sí, claro —dijo Lizzie. No se molestó en explicarle que Óscar no era precisamente su perro.

El cartero se agachó y le dio a Óscar una galletita con forma de hueso.

—Muy bien —murmuró—. Eres un perrito muy lindo.

Lizzie sonrió. A todo el mundo le gustaban los perros. A lo mejor este cartero no era tan malo como parecía. A lo mejor solo era un poco gruñón de vez en cuando, como Óscar.

—Se llama Óscar —dijo.

—Muy bien, Óscar —dijo el cartero—. ¿Quieres otra?

Óscar volvió a mover la cola y levantó una pata.

—Ah, ¿también te gusta dar la pata? Qué listo eres.

El cartero sacó otra galletita y se la dio.

Lizzie seguía sonriendo cuando llegó a la casa de Nena. Le pidió a Óscar que se sentara y llamó a la puerta.

Esta vez, Anjali no parecía contenta al abrir la puerta. De hecho, parecía que había estado llorando.

—Oh, Lizzie —dijo—. Casi se me olvida que ibas a venir. Me alegro que estés aquí. Nena no se encuentra bien hoy. No está nada bien.

CAPÍTULO NUEVE

—¿No se encuentra bien? ¿Qué ha pasado? —preguntó Lizzie—. ¿Está enferma? ¿Es contagioso? A lo mejor Óscar no debería entrar.

Anjali negó con la cabeza y abrió más la puerta.

—No, no es contagioso. Por favor, pasa. Creo que a Nena le gustará ver a Óscar —dijo invitando a pasar a la chica y al perro.

Nena estaba acurrucada en la alfombra, cerca de un sofá cubierto con una manta de colores. Cuando Lizzie y Óscar entraron en la habitación, la perra se paró con dificultad y, jadeando, llegó hasta el cachorro y le tocó el hocico con su hocico. Lizzie estaba atenta por si Óscar gruñía, pero todo lo que hizo el cachorro fue oler a Nena y mover la cola. Nena también movió la cola.

—Siéntate, por favor —le dijo Anjali a Lizzie. Sacó un pañuelo de papel de la caja y se sonó la nariz—. Ay, qué lindo —dijo al ver que Óscar le lamía la cara a Nena y le daba besitos delicadamente.

—Es como si lo supiera —dijo Anjali. Se volvió a sonar la nariz.

—¿Si supiera qué?

A Lizzie le pareció que Nena estaba bien. Era cierto que se movía más lentamente de lo normal, pero por lo demás, tenía el mismo aspecto de siempre.

Anjali suspiró.

—Anoche Nena no quiso cenar. Y esta mañana apenas pude conseguir que se levantara para beber agua. No quiere salir pero tampoco se encuentra bien en casa. Va de un lado a otro jadeando. Después se tira en el suelo un rato y se vuelve a levantar. Llamé al veterinario y me dijo que fuera a verlo esta tarde.

—Eso está bien —dijo Lizzie—. La llevas al Dr. Gibson, ¿verdad? Seguro que la ayudará.

Anjali negó con la cabeza.

—Esta vez no —dijo—. Nena tiene quince años. Ha tenido una buena vida, pero ya lleva un tiempo bastante decaída. El Dr. Gibson cree que se va a…

Anjali empezó a llorar y se llevó las manos a la cara.

—Ay, no —dijo Lizzie. De pronto había comprendido. Le puso la mano a Anjali en la espalda—. Quieres decir que se va a…

Anjali asintió y se volvió a sonar la nariz.

—Lo que tiene Nena no es contagioso. Es la edad y probablemente le quedan pocos días. El Dr. Gibson dice que todo lo que debo hacer es asegurarme de que esté cómoda y que no sufra dolor.

Lizzie asintió.

—¿Cómo puedo ayudarte? —preguntó—. Seguramente ya no necesitas que la pasee porque no quiere salir.

—Así es —dijo Anjali—. Yo me puedo ocupar de eso, pero me encantaría que te quedaras aquí con ella mientras voy a mis clases de yoga. Creo que ya no debería llevarla al estudio, pero no quiero dejarla sola más de lo necesario. Y creo que Óscar la ayuda a relajarse y calmarse.

Efectivamente, Nena ahora estaba más tranquila, tumbada en la alfombra, roncando suavemente, mientras Óscar permanecía a su lado y de vez en cuando le ponía una pata encima como si quisiera reconfortar a la perra.

—Dime tu horario —dijo Lizzie—. Haré todo lo que pueda.

—Gracias —dijo Anjali. Agarró un álbum que había en la mesa—. ¿Quieres ver como era Nena de cachorrita? Yo debía de tener tu edad cuando mi papá la trajo a casa un día de verano. ¡Mira!

Lizzie se acercó a mirar la foto que señalaba Anjali.

—¡Qué linda! —dijo.

En la foto había una niña pequeña con trenzas rubias y una gran sonrisa debajo de un árbol. A su lado estaba una cachorrita negra y marrón con las orejas tres veces más grandes que ella.

Anjali sonrió al ver la foto.

—No tengo hermanos, así que Nena siempre ha sido mi mejor amiga —dijo tocando la foto—. Le he contado todos mis secretos y siempre la llevaba a todas partes, menos a la escuela. Un día me siguió hasta allí y a la Srta. Dempsey no le importó que se quedara en el salón de clases hasta que mi mamá vino a buscarla.

*   *   *

Lizzie oyó muchas historias de Nena esa semana. Todos los días, después de la escuela, ella y Óscar pasaban todo el tiempo que podían en casa de Anjali. María lo entendió. Le dijo a Lizzie que no se preocupara, que ella se aseguraría de pasear a los perros de sus clientes. La familia de Lizzie también lo entendió, hasta Charles hizo que Lizzie lo llamara de una manera diferente cada día a cambio de hacer algunas de sus obligaciones.

Algunos días en casa de Anjali solo estaban Lizzie, Nena y Óscar. Otras veces también estaba Anjali, y Lizzie y ella se sentaban en el sofá y miraban las fotos. Anjali le contó a Lizzie que Nena la había ayudado a sobrevivir la escuela intermedia. Le mostró fotos de su baile de graduación. En la foto se veía a un chico y a una chica vestidos muy elegantes, sentados en el balancín del porche, con Nena en medio. También le contó a Lizzie lo difícil que le había resultado dejar a Nena cuando fue a la universidad y lo mucho que se alegraba de verla cuando regresaba a su casa en las vacaciones.

—Y ahora volvemos a estar juntas. Ha sido maravilloso tener a mi mejor amiga tan cerca —dijo Anjali mirando con cariño a Nena.

Nena y Óscar parecían haberse hecho muy buenos amigos. Desde el momento en el que entraba en la casa, Óscar solo le prestaba atención a Nena. Se quedaba siempre a su lado, acurrucado junto a ella, observándola con su mirada inteligente. Lizzie no podía creer lo paciente y amable que era con ella. Ahora sabía que podría encontrarle un hogar permanente. Había demostrado que se podía llevar bien con otro perro, así que a lo mejor no tenía que ser el único perro de la casa.

Todos los días Nena parecía apagarse un poco más. Ya no comía ni bebía y, el jueves, apenas levantó la cabeza cuando llegaron Lizzie y Óscar.

El viernes, cuando Lizzie llegó a su casa de la escuela, su mamá estaba esperándola en la puerta. Antes de que dijera una sola palabra, la chica sabía lo que había pasado. Solo con mirar la cara triste de su mamá, sabía que Anjali había llamado para decir que Nena había muerto. La Sra. Peterson abrazó a Lizzie.

—Lo siento mucho, mi amor. Sé lo duro que es.

Lizzie lloró en el pecho de su mamá. No sabía muy bien por quién lloraba. ¿Por Nena? ¿Por Anjali? ¿Por la niña pequeña que se veía tan feliz en las fotos con su perro? ¿Ahora qué iba a pasar con Óscar? Iba a echar mucho de menos a su amiga. No era justo. ¿Por qué los perros no podían vivir tanto como las personas?

CAPÍTULO DIEZ

—¿Qué están haciendo *ellas* aquí? —le susurró Lizzie a María.

—Shhh. Ya ha empezado.

María señaló a Anjali, que estaba cerca de un manzano florecido. Al acercarse, Lizzie sintió el aroma dulce de las flores rosadas y blancas. Óscar olfateó el aire como si también disfrutara del olor.

Anjali sonrió, y cuando empezó a hablar, el pequeño grupo de personas que estaba allí se acercó.

—Gracias a todos por venir. Sé que apreciaban mucho a Nena y deseaba que le dijéramos adiós todos juntos. —Señaló un montón de tierra al pie del manzano cubierto de flores, un ramo de narcisos en un jarrón amarillo y una placa de madera—. Mi papá me ayudó a enterrar a Nena y le hizo esta placa tan preciosa.

Lizzie sintió que se le salían las lágrimas al leer el mensaje lleno de amor grabado en la placa. De una esquina de la placa colgaba el collar de Nena. Lizzie metió la correa de Óscar debajo del brazo y buscó algo en su bolsillo. ¿Dónde había metido los pañuelos de papel? Su mamá le había dado unos cuantos al salir de la casa por la mañana camino al memorial de Nena.

Brianna se le acercó.

—¿Me puedes dar uno? —susurró llorando.

Lizzie le dio un pañuelo. Todavía no sabía qué estaban haciendo allí Brianna y Daphne, pero no era el momento de preguntar. Anjali volvió a hablar.

—Le escribí una carta a Nena, una carta de despedida —dijo—. La enterré con ella, pero quería darles a todos la oportunidad de despedirse también de ella.

Señaló con las manos a las personas que tenía a ambos lados. Lizzie reconoció a una vecina y ¿ese señor? ¿No era el cartero gruñón?

—Vamos a tomarnos todos de la mano y tener un momento de reflexión —dijo Anjali—. Después, si alguien quiere decir algo, puede hacerlo.

Lizzie se volteó para mirar a María. Se tomaron de las manos y sonrieron tristemente. María apretó la mano de Lizzie.

—Qué bien se está portando —le susurró al mirar a Óscar.

Efectivamente, Óscar estaba muy tranquilo, sentado cerca de los pies de Lizzie. La chica le había dado un paseo largo por la mañana para cansarlo. El cachorro miró a Lizzie.

Este es un momento muy serio. ¿Y dónde está mi amiga de las orejas largas?

Lizzie se volteó hacia Brianna y le ofreció la otra mano. Brianna sonrió y la estrechó. Entonces todos cerraron los ojos y el jardín se quedó en silencio, salvo el ruido de la brisa al mover las ramas florecidas del manzano y el piar de un pájaro.

Lizzie pensó en la cara dulce de Nena y en sus largas orejas y en cómo Óscar se había tumbado a su lado.

—Adiós, mi querida Nena —dijo Anjali rompiendo el silencio.

Lizzie se tuvo que limpiar otra vez la nariz y secarse los ojos.

—¿Alguien quiere decir algo? —preguntó Anjali.

A Lizzie le sorprendió que Daphne comenzara a hablar.

—Brianna y yo conocimos a Nena cuando empezamos a ir a las clases de yoga de Anjali. Era tan dulce la manera en que se sentaba al lado de la alfombrilla de Anjali y esperaba pacientemente a que terminara la clase. Brianna y yo siempre nos quedábamos un rato con ella cuando terminábamos. Me encantaba acariciar sus orejas suaves.

Brianna lloró al lado de Lizzie, que le pasó otro pañuelo. Lizzie pensó en lo que Daphne acababa de decir. Nena era una perra muy paciente, pero no siempre había sido fácil ser paciente con ella. Lizzie no le tiraba de la correa ni le gritaba, pero a veces le apetecía hacerlo, sobre todo cuando Nena tardaba tanto tiempo en dar una vuelta a la cuadra.

—Nena sabía perdonar —dijo alguien más. ¡Era el cartero!—. Si no me quedaban galletitas al llegar a su casa, nunca se molestaba —añadió—.

Siempre se ponía muy contenta al verme, con o sin galletas.

Lizzie miró a María. Su amiga también sabía perdonar. Aunque María estuviera muy enojada con ella, al final siempre se le pasaba. Lizzie le volvió a apretar la mano a María. Y prometió que ella también intentaría aprender a perdonar más. Después volvió a mirar a las personas que estaban a su alrededor. Quería decir algo.

—Nena era muy buena —dijo—. Nunca se portaba mal con ningún otro perro ni con ninguna persona. Recibió a Óscar en su casa, aunque no siempre es fácil llevarse bien con él.

Anjali asintió y le sonrió a Lizzie.

—Óscar acompañó a Nena en sus últimos días. Nunca lo olvidaré.

Otras personas hablaron y, después, Anjali fue hasta donde estaba cada uno de los presentes. Le ofreció un narciso a cada uno y a todos les dedicó un rato para decirles unas palabras. Finalmente llegó hasta donde estaba Lizzie.

—Gracias, Lizzie, por ayudar a que Nena fuera feliz durante sus últimos días —dijo, y se arrodilló para acariciar a Óscar—. Y gracias a ti, Óscar. Eres un perro muy especial.

Lizzie quería preguntarle a Anjali si quería adoptar a Óscar, pero no dijo nada. Sabía que era demasiado pronto. Miró al cartero gruñón y pensó si a lo mejor debería hablar con él del cachorro. Se habían llevado muy bien el día que se conocieron, probablemente porque eran parecidos. ¿Estaría interesado en tener un perro?

María le tocó el hombro a Lizzie.

—Tengo que decirte algo —susurró—. Te acuerdas de que necesitaba ayuda mientras tú estabas con Nena, ¿verdad?

—Sí, claro.

Lizzie notó que María miraba a Brianna y a Daphne, que estaban cerca de la tumba de Nena.

—Oh —dijo—. ¿Las contrataste a ellas?

María asintió.

—Y lo hicieron muy bien. Les gustan mucho los perros, de verdad. Fueron muy responsables y pacientes y me resultó muy fácil trabajar con ellas.

Lizzie cerró los ojos durante un momento. Respiró hondo. Pensó en la paciencia y el perdón y la amabilidad y el ejemplo que les había dado Nena. Después abrió los ojos y miró a su amiga.

—Entonces, ¿por qué estamos compitiendo con ellas? —preguntó—. ¿Por qué no les preguntamos si quieren unirse a nuestro negocio? Necesitamos su ayuda.

María sonrió.

—Eso es justo lo que esperaba que dijeras

—dijo, y le dio un abrazo a Lizzie—. Es la solución perfecta. Vamos a preguntarles.

Más tarde, Lizzie, María, Daphne y Brianna estaban sentadas debajo del manzano y hablaban de sus planes para el negocio cuando Anjali se acercó y le dio un golpecito a Lizzie en el hombro.

—¿Podemos hablar un momento? —preguntó Anjali.

Lizzie y Anjali fueron a las escaleras de la parte de atrás de la casa. Óscar las acompañó.

—Tengo que pedirte un favor —dijo Anjali estirándose para acariciar a Óscar, que estaba tumbado a sus pies.

—¿A mí? —preguntó Lizzie—. Sí, lo que quieras.

—Me estaba preguntando si podría quedarme con Óscar durante un tiempo —dijo Anjali—. Echo mucho de menos a Nena. Óscar pasó tanto tiempo con ella que me parece que lleva con él parte de su espíritu. Para mí sería un gran consuelo, igual que cuando Óscar consoló a Nena.

Óscar pareció entender lo que Anjali acababa de decir. Se levantó y recostó la cabeza en sus piernas.

—Por supuesto —dijo Lizzie—. De hecho, me estaba preguntando si querrías adoptarlo, pero pensé que era demasiado pronto.

—No puedo prometer nada en estos momentos —dijo Anjali sonriéndole a Óscar—, pero supongo que si se queda conmigo unos días, acabará quedándose para siempre. Sé que necesita ayuda para aprender a llevarse bien con otros perros, pero estoy dispuesta a dedicarle el tiempo que haga falta. Sería una buena distracción para mí.

Lizzie buscó otro pañuelo en el bolsillo. Estaba llorando de nuevo, pero esta vez eran lágrimas de alegría.

—¿Estás bien? —le preguntó María, que se había acercado adonde estaban.

Lizzie asintió y se sonó la nariz.

—Sí, estoy bien —dijo, y le contó a su amiga que Óscar se iba a quedar un tiempo con Anjali.

Lizzie y María se voltearon para mirar a Anjali, que estaba arrodillada, abrazando al cachorrito. Óscar le lamía la cara y movía la cola.

—Creo que Óscar ha encontrado el hogar perfecto para él —dijeron Lizzie y María a la vez.

—¡Embrujada! —gritó María.

Lizzie sonrió. No tuvo que pensar mucho cómo quería que la llamara María.

—Mejor Amiga Para Siempre —dijo.

SOBRE LOS PERROS

Los perros agresivos pueden ser un verdadero problema. Óscar no es exactamente un perro agresivo, aunque no se lleva bien con otros perros. Hay perros que son agresivos con las personas. A algunos perros, como los perros de guarda, los entrenan para que sean agresivos. Otros son agresivos por naturaleza o porque han sido maltratados.

A muchos perros se les puede entrenar a no ser agresivos, pero no es fácil. Lo mejor es afrontar el problema a tiempo, como se hizo en el caso de Óscar, y recurrir a la ayuda de un entrenador profesional, el veterinario o un especialista en comportamiento animal. Si tu cachorro o perro adulto gruñe o intenta morder a personas o a otros perros (y no para jugar), no lo animes a que siga haciéndolo y habla con tus padres para pedir ayuda.

Querido lector:

Muchos de ustedes me han escrito para decirme que han sentido mucho la pérdida de mi perro Django, que murió a causa de su avanzada edad. Muchos también me han comentado que han perdido a sus perros, gatos u otras mascotas queridas. Por eso quería escribir un libro sobre un perro que muere, aunque el tema nunca sea fácil ni divertido. Una de las cosas más difíciles para el dueño de un perro es tener que despedirse de él.

Es importante cuidar bien a nuestras mascotas y asegurarnos de que estén sanas y sean felices. Si sabemos que les hemos ofrecido una buena vida, es más fácil dejar que se vayan cuando llega el momento. Tus mascotas siempre seguirán vivas en tu corazón durante el resto de tu vida. Yo nunca olvidaré a Tracker, Jenny, Willy, Ace, Jack, Molly, Junior ni Django, mis queridos perros y gatos.

Saludos desde el hogar de los cachorritos,
Ellen Miles

ACERCA DE LA AUTORA

A Ellen Milles le encantan los perros y le encanta escribir sobre sus personalidades. Ha escrito más de 28 libros, incluyendo la serie Cachorritos, la serie Taylor-Made, el libro *The Pied Piper* y otras obras clásicas de Scholastic. A Ellen le gusta salir al aire libre todos los días, pasear, montar en bicicleta, esquiar o nadar, dependiendo de la estación del año. También le gusta mucho leer, cocinar, explorar el hermoso estado donde vive y verse con amigos y familiares. Vive en Vermont.

¡Si te gustan los animales, no te pierdas las otras historias de la serie Cachorritos!